一苇集

郭宝国 著

河北大学出版社

图书在版编目(CIP)数据

一苇集 / 郭宝国著. -- 保定 : 河北大学出版社, 2017.3

ISBN 978-7-5666-0987-8

Ⅰ. ①一… Ⅱ. ①郭…Ⅲ. ①诗词—作品集—中国—当代 Ⅳ. ①I227

中国版本图书馆CIP数据核字(2017)第056366号

封面题字：朱志齐
责任编辑：梁志林
装帧设计：王占梅
责任印制：靳云飞

出版发行：河北大学出版社
地　　址：河北省保定市五四东路180号
邮　　编：071002
印　　刷：保定市北方胶印有限公司
经　　销：全国新华书店
开　　本：148mm×210mm　1/32
印　　张：6.125
字　　数：101千字
版　　次：2017年3月第1版
印　　次：2017年3月第1次印刷
书　　号：ISBN 978-7-5666-0987-8
定　　价：26.00元

目录

七言绝句

七言律诗

五言

词

附录：诗词赏析

不知前路余多少，只向苍茫深处行（代序）

吴建永

我友宝国，华北白洋淀人氏。与其同窗三年，朝夕相处，濡沫无间，同学而朋友，朋友而兄弟。宝国文心雅致，性慧而敏。于古典诗词触类旁通，极有灵性。负笈有暇，广涉博索。偶有所作，则颖秀同侪，惊艳群伦。虽未及弱冠，而风骨俨然。其襟怀纵荡，任侠好义，颇类其文。毕业有年，春秋契阔，匆匆二十余载。虽山水相隔，而情不稍减，兴至时有唱酬。及至日前，欣闻宝国集香成册，将欲付梓。嘱我为序。因情所致，不以力有不逮而辞之。

睹其芸编，则诗文锦绣，触目琳琅。其七言绝句疏朗清新，语淡情浓。秋月春风，无所不涉，咏史思今，皆可成诗。力避佶屈聱牙，思追言浅意深，不拘市井俚语，抑或通俗白话，随手拈来，竟亦浑然天成。如《老爸的电话》一首："村边杨柳绿依依，淀水盈盈望眼弥。老爸高声接电话，咱家也是别墅区。"诗句直如日常对话，街头絮语，读来温馨雅致。其便有用典，亦是如盐入水，化典无痕。如《谒荆轲塔（新韵）》一首：“巍巍古塔立青葱，无数人来吊大风。次第秦王登粉墨，再无一子效荆卿。”追史怀远，遐思无限。宝国之诗，见有感乃思，思有兴乃作。常存悯人之心，时托民瘼之念。如《读凤凰网新闻，北川干部冯翔在家中自缢身亡。其七岁的儿子在去年地震中遇难（新韵）》一组四首，“梦绕魂牵整一年，北川春草又如烟。自从五月泪流尽，来去不经幼稚园。”直令为父为母者黯然神伤，心摧若丧。“游人络绎到北川，几度陪同看断垣。指点去年心碎处，争知心已碎成烟。”使人对身怀丧子之痛，依然执业如故的北川干部冯翔肃然起敬。如《太原席上歌手带幼子献唱，幼子哭闹而酒店老板仍命唱完（新韵）》其一：“酒杂热气味杂珍，满座醺醺笑脸人。仰面儿哭不能顾，拼将小曲裂行云。”一个为了生计舍却尊严，望儿不顾的底层艺人形象跃然纸上，让人唏嘘不已。其讽喻时弊之作，谐趣中见骨鲠，如《暮访潍坊关帝庙未入有作》一首：“广厦丛中殿角扬，将军庙外沐风凉。春秋应是无暇读，问罢桃园问孔方。”和《蒲松龄》一首：“拿云手段只堪哀，笔底惊雷济世怀。深意从来谁会得，人间依旧戏聊斋。”令人初读而笑，再读而思。

若言宝国之七绝为素纨白描，则其七律堪为皴染山水。层叠葱郁，厚重繁杂。丰腴处难增一笔，陡峭时水泻千寻。如《岳飞二首（新韵）》其二：“驱驰南北奋平生，遥望中原气满胸。不是金牌十二道，当挥铁甲万千重。精忠自古民心向，耿介由来佞不容。看取西湖白铸铁，应知爱恨古今同。”述史及今，层层落墨，如蕤宾铁响，声戛然而人悄立。写景则侔色揣称，述怀则风雨由心。如《过白洋淀遇雨》一首：“一湾烟水半滩沙，泥径无人向远斜。客路阴晴天做主，心头好梦我当家。人生况味杯中酒，世事浮沉岭外霞。把棹高歌凭啸傲，豪情已自在天涯。”其七律多发于人生感悟，读来感同身受。如《无题》一首：“旧梦重浮电影过，十年尘事半消磨。春风日逐潘毛少，秋雨还同髀肉多。留得一伤常似此，放开双手又如何。强删记忆终难尽，独立斜阳吊逝波。”可见斜阳外，一茕茕独立之身影，觉逝水逐波之感，鬓毛由催之慨油然而生。

宝国之词，出于小晏之清丽，间于易安之柔婉，不辞苏词之豪放，博采兼揉。如《鹧鸪天》一首：“日日凭窗送晚阳，庭前月色渐生凉。秋词缱绻终一味，雁字依稀那几行。人去远，梦偏长。为伊拼尽酒千觞。蓬头已是无簪处，谁遣黄花篱外香?”把因情伤秋之意刻画得淋漓尽致。又如《临江仙·风》一首：“昨夜吹云塞北，今宵带雨江南。平生踪迹是难堪。一朝追落叶，几度误归帆。也算曾经沧海，缘何暮四朝三。美人花下问朱檐。无端惊妾梦，底事弄湘帘。”一位午睡初醒的小女儿形象呼之欲出。不止有飞花入韵，撷叶成词的婉约纤秀，更有铁马冰河，硬语盘空的雄浑廓大。如其《沁园春·阅江楼》一词：“雄踞狮山，傲视金陵，江左名楼。看江流飘练，青山隐隐；古都炫彩，王气悠悠。静海红墙，天宫神女，把酒凭栏一望收。豪情起，念英雄对此，拭遍吴钩。六朝散尽风流，剩有这、檐牙与白鸥。想华夷一战，中原定鼎；君臣两记，青史停眸。民力休欺，贪官莫恕，胜迹何妨后世留。今来此，问江山如画，谁写春秋！”其意随笔到，排奡纵横，气如罡风拂面，势如列岳横坤。把个阅江楼的历史、景物摹魂入骨，述史、畅思，喷薄如旭日临江，收结圆润自如，读来畅快淋漓。

遍阅《一苇集》，觉其不同于一些“为赋新词强说愁”的诗词作者，尽皆有感而发，因情而出。读其诗词，可知其愁、其怨、其兴、其恋，或人间大爱，或征途汗漫。清晰可辨其成长轨迹和心路历程。大至国家重大事件，如汶川地震，北京奥运会，小至一花一念，一饮一啄。老友之班荆道故，新朋之倾盖相交，游子之逆旅思乡，恩师之室迩人遐，无不是笔蘸墨饱，真情流露。宝国帷幄绛帐，执教黉堂之余，喜出行，爱交游。至其视野开阔，文思纵横，不为表象所限，时有非常之思。但千丈巨椿，难辞其根。诗人的作品中反复出现的一个景物，就是白洋淀。在华北明珠中孕育成长的诗人，对白洋淀的依恋到了痴迷的地步。一朵荷花，一捧淀水，在其看来都满含诗意。田田荷叶，层层摇韵，枝枝菡萏，步步生莲。也正是荷香漫天的白洋淀，成就了诗人的五彩生花笔，七窍玲珑心。

《一苇集》可能与一些名家作品相比，尚有差距和遗憾，如几首诗词格调低沉，缺乏宕笔振起等。但其真情宛然，诗心如赤，让每位爱诗之人都能找到心灵共振，实堪置于案头榻侧，佐酒培茗。齿牙生香之余，宁不乐哉！

是以为序。

七言绝句

读凤凰网新闻，北川干部冯翔在家中自缢身亡。其七岁的儿子在去年地震中遇难（新韵）

一

梦绕魂牵整一年，北川春草又如烟。
自从五月泪流尽，来去不经幼稚园。

二

游人络绎到北川，几度陪同看断垣。
指点去年心碎处，争知心已碎成烟。

三

博客尘封整一年，几回提笔已潸然。
天堂若有人间信，泣血书成当纸钱。

注：震后，冯翔停用了之前用了多年的博客。

四

北川风物异从前，何处荒墟魂可安？
遍地残砖容易倒，乖乖等我到身边。

注：冯翔儿子的遗体至今未找到。

2009.4.27

读　史

人间正道是沧桑，城上王旗次第扬。
汉瓦秦砖无处觅，依然明月冷如霜。

2009.7.10

石家庄访友

四月杨花作雪飞，石门春色溢城围。
茶香一缕书一卷，杨柳归途绿正肥。

2012.4.22

时钟（新韵）

节序周循又一轮，山川草木未觉新。
嘀嗒还是床头表，依旧大针赶小针。

2012.12.26

老领导融老仙逝三周年有感记之

一

无情岁月又三年，旧事如今尽作烟。
一自浮云乘鹤去，窗前谁复写春联。

二（新韵）

那时身影最熟悉，一手笤帚一手箕。
谈笑相逢当日事，而今梦醒尚唏嘘。

三（新韵）

同病当时每自怜，我居楼后你居前。
几度秋风霜落后，谁人与我话艰难。

四

飘絮生涯不自伤，每因道义触强梁。
想来冥界应无弊，不用抽刀论短长。

五（新韵）

昨夜相逢笑语开，依稀谈吐旧胸怀。
未及相问别来事，梦断空余泪满腮。

六

上班日日过门房，门后几疑笑脸藏。
难忍西州悲谢傅，于无人处泪千行。

2013.1.9

题图　当年挥手即天涯（辘轳体）

一

当年挥手即天涯，风雨阴晴处处家。
老去忽然怀落叶，秋风归路踏飞霞。

二

天近黄昏路近家，当年挥手即天涯。
而今老树流云在，只是归人鬓已花。

三

一条归路许多斜，无限情怀暗自嗟。
只为轻狂然一诺，当年挥手即天涯。

2013.1.12

清　明　雨

清明淡墨潇潇雨，石径迷蒙杜宇啼。
千载依然魂断客，又寻杏酒到村西。

2013.3.25

过山海关（新韵）

乱山深处一关横，变幻烟云过眼空。
自古休夸绝隘险，城高还赖有英雄。

2013.5.3

旅顺口日俄战争遗址见樱花有感（新韵）

尔灵山下乱樱横，依旧腥风海上生。
背面非因花色浅，耻将青眼与贼同。

2013.5.6

秋意（新韵）

北地秋凉雁字飞，单衣伫立水之湄。
芦花已被风吹老，野淀茫茫映落晖。

2014.9.1

白洋淀一组

一

芦叶青蒲细细编，苇丛深处水微涟。
莫愁风雨迷归路，西淀荷花最可怜。

二

浩渺连天号白洋，春花秋月各胜场。
风光别有迷人处，才出荷塘入苇塘。

三

迟日初飞北国霞，欲传消息岭重遮。
春风会语衡阳雁，旧垒青芦漫涨芽。

四

芦黄云白水苍茫，落日高天雁几行。
壮别千年多不返，秋风台上认荒凉。

五

一望烟云四面同，轻舟滑过水纹空。
回塘十里莺声啭，人在红荷绿苇中。

六

千里长堤笼翠烟，风飘流水说当年。
若非驻马杨家将，一片汪洋可种田？

七

沿河小径柳边斜，一角清幽别有家。
不是游人羞打扰，如今无客爱《荷花》。

八（新韵）

明珠散落在京南，保运津航一日还。
遥想当年风口立，长衣猎猎认归帆。

九

英雄故事渐难追，剩有秋风猎猎吹。
试看淀中飞苇絮，萧萧犹做雁翎旗。

十

舟穿苇荡百千回，淀上乘风看翠微。
我亦心生千百问，何时能共水云飞。

2015.1.26

题悬崖红树图

汇得千川向海奔，拼将一跃下龙门。
纵然立尽倾城色，可挽涓流半缕痕？

2015.2.8

春雪（新韵）

寂寞深冬久未归，春来一霎絮纷飞。
宁随春水山林化，不向街头作偶堆。

2015.2.20

谒荆轲塔（新韵）

巍巍古塔立青葱，无数人来吊大风。
次第秦王登粉墨，再无一子效荆卿。

2015.3.2

读新闻有感

庙堂帷幄运筹谋，战士军前竟断头。
白发倚门慈母泪，可怜未敢向人流。

2015.3.2

美丽乡村一组（新韵）

老妈的新生活

绿萝街道水桥连，夕照彤彤起晚烟。
饭罢忙寻红舞裤，村边新建小公园。

老爸的电话

村边杨柳绿依依，淀水盈盈望眼弥。
老爸高声接电话，咱家也是别墅区。

小妹的新工作

花田柳陌燕流连，小妹遥遥笑语传。
饭好先吃别等我，村头又到旅游团。

今年不去外地打工啦

打工行李未装完，几度嘻嘻笑语缠。
忽向耳边呢喃语，咱村正建生态园。

不好完成的作业

红红淀水日偏西，儿子回家小脸急。
学校又留新作业，街边墙角找垃圾。

2015.3.20

春　　柳

春阳暖暖气微薰，弱柳长街乱惹人。
昨日枝还同水墨，风来一夜嫩黄新。

2015.3.29

老友因同学父见背自沈阳来（新韵）

奔波风雨各经年，花落花开已淡然。
唯有深情隔不住，一夕千里到身前。

2015.3.29

春　思

春风昨夜绿南枝，负手亭阴有所思。
我对花痴君莫笑，花开年少不多时。

2015.4.1

清明三首

一

伤心无处睹慈颜，长夜哪堪闻杜鹃。
莫是幽冥歧路窅，如何只梦也无传。

二（新韵）

清明花事渐纷繁，遥对家乡奉一龛。
但见风中长伫立，谁知今夜我无眠。

三（新韵）

鹅黄着柳又清明，长日唯闻杜宇声。
别后不知春远近，坟前应是草青青。

2015.4.3

梧桐花落二首（新韵）

一

手把花锄久黯然，梧桐树下扫阑珊。
也知花落寻常事，无奈临花每自怜。

二

遍地残花扫亦难，香锄落处我生怜。
灼灼昨日枝头笑，一夜新红换旧颜。

2015.4.12

梧 桐

梧桐树下久徘徊，新叶依前次第排。
我有深情藏不住，花开花落两伤怀。

2015.5.8

西站候车（新韵）

西站流光半入尘，归来别去两销魂。
无端对此生酸楚，我亦江湖碌碌人。

2015.5.16

赠贾志敏老师（新韵）

三尺生涯半作尘，七十八载浩然身。
春风化雨平生事，大爱无声真语文。

2015.5.23

暮访潍坊关帝庙未入有作

广厦丛中殿角扬，将军庙外沐风凉。
春秋应是无暇读，问罢桃园问孔方。

2015.6.16

潍坊暮访郑板桥纪念馆不值二首（新韵）

一

依旧灰墙竹色青，隔门小立忆先生。
潇潇又是风兼雨，谁复窗前倚杖听。

二

衙前竹作六分书，堂殿恢宏未似初。
路阻朱门不须憾，难得世上是糊涂。

2015. 6. 16

唐 铁 牛

万里黄河九曲旋，蒲津渡口铁牛眠。
繁华纵是沉河底，剩有雄风似旧年。

2015. 6. 27

林 恩 品 茗

细雨林恩诗意浓，推窗茶岭绿千重。
泥炉试火杯初洗，尘世浮沉一盏溶。

2015. 7. 8

保定好人事迹五首（新韵）

一　胡艳利

世路奔波两鬓尘，途逢大祸岂惜身？
征衫血染何足道，我亦妻儿挂念人。

二　封秀强

寻梦何须出大山，耕云种雨许多年。
痴心筑就通天路，绿壑今成世外源。

三　和伟朝

投身驿路二十年，风雨征程岂畏难。
一次传书圆一梦，万家欢乐我心安。

四 曹留战

将军不必尽冲锋，攻战先须粮草行。
柴米油盐非小事，筹谋有序亦英雄。

五 何丽娟

奋击商海忆曾经，天道相酬业有成。
一念坚执老吾老，爱心染就晚霞红。

2015.7.9

八路坟（新韵）

英雄事迹杳烟尘，村外依稀八路坟。
试看坟前凭吊者，一如昨日举旗人。

2015.8.7

咏　荷

晴日娇羞似不胜，芳容着雨媚千层。
何须温室殷勤护，自是花中第一朋。

2015. 8. 25

秋思二首

一

野淀微茫白水流，芦花摇落一湖秋。
何人负手斜阳下，剪影彤天古渡头。

二

霜冷秋湖月上时，纷纷木叶下南枝。
相思人在西风岸，背影如银不自知。

2015.9.25

坡峰岭三首

一

霜树缘溪石径凉，登临物我两相忘。
云山若许老时约，红紫秋林典白墙。

二

暂向秋山纵倦眸，潺潺溪涧径边流。
欲穷霜叶纷繁处，直到苍茫暮霭浮。

三

才入幽岚虑已消，一山红紫竞妖娆。
试看枝上斑斓叶，霜最浓时色最娇。

2015.10.18

雨中赴河南车上口号

阴阴云色路遥青，一曲骊歌颠倒听。
何事天公偏着意，他乡薄暮雨如星。

又（新韵）

夜色沉沉雨未停，擦肩偶闪会车灯。
不知前路余多少，只向苍茫深处行。

2015.10.22

闻冬子李老师言下班有白蝶入袖，感而赋之

一

为有蝶飞入袖来，秋风小路久徘徊。
生涯已是凉如水，何事卿怀向我开？

二

蝶梦庄周事若烟，今生前世两茫然。
白衣敝袖相怜取，风雨前程共一肩。

2015. 10. 29

再赴河南归途有寄

千里回程晚逐风，古都夜色剩微蒙。
此心原不分南北，别去归来两处同。

2016. 1. 6

步天许兄惠州诗韵

天许西湖梦里游，湖光无处觅沙鸥。
东坡已老朝云死，剩有诗人吊惠州。

2016.1.12

整理杂物见同学旧日书信二首

一

荏苒光阴秋复冬，青葱记忆渐尘封。
忽然翻到心柔处，二十年前旧笑容。

二

飞扬字迹恰如初，二十年前一纸书。
今日读来略相似，对签名处久唏嘘。

2016. 1. 14

也题鹅吻图

自知去后久离思，旧日凌波梦里追。
此意拳拳安可掩，别时一吻各低眉。

2016. 2. 17

短　信

短信收来久黯然，沉钩海底又相牵。
春心却怕灰成寸，回信敲成未敢传。

2016. 2. 22

练笔一组

一

一夜冰消又是春，长安道上客来频。
只今心似秋风老，独倚窗前看路人。

二

执手当年驿路滨，初心未许染缁尘。
如今意志消磨尽，只有春风似故人。

三

昨夜寒声透绣帏，今晨白雪漫江飞。
前朝故事唯消酒，绿蚁红泥待客归。

四

葡萄架下久消磨，此夜情胜别日多。
看罢叠桥乌鹊散，又依北斗认天河。

五

弯弯小路出村南，那日回头痛再三。
此刻依稀人似旧，当时酸楚又重谙。

六

惆怅梧桐立晚霞，空枝摇梦一些些。
无端却忆深秋夜，一样风吹细雨斜。

七

年来无梦对青冥，剩有蹉跎两鬓星。
明日关山漂泊路，一程风雨细聆听。

八

老屋蓬门半未遮，手栽小枣已攲斜。
何人解我心头热，对此婆娑满树花。

九

天涯奔走若尘埃，漂泊山隈复水隈。
何似梁间双燕好，年年犹得带雏回。

十

一挥手后梦无存，永夜唯教旧字温。
从此江湖归白发，高山流水月黄昏。

十一

相思昨夜又无眠，君向江南我在燕。
别意如何消永夜，悠悠心事付鸾笺。

十二

北国丝丝细雨寒，江南绿意遍峰峦。
如今好向江南去，春雨西湖一并看。

十三

春日寻春去哪边，江南春色正堪怜。
春情一种送人最，共伞西湖春雨天。

十四

曾看南浦水生纹，今日春波又送君。
一样春风挥手处，长条难挽绿罗裙。

2016.2.26

题水仙三首

一

鹅黄蕊瘦绿衣单，白石清波供一盘。
恍若前生相恋着，最销魂是对相看。

二

白玉娇容碧玉身，清姿清影两无伦。
人间似此何能尔，石水生涯自绝尘。

三

清水半瓯石几枚，鹅黄浅绿数枝开。
凌波摇曳纤纤影，疑是宓妃踏浪来。

2016.3.11

早　春

曙色微蒙远路岐，登程犹得畏行迟。
春风更比行人早，已遣鹅黄到柳枝。

2016.3.18

清明（新韵）

年年无梦过清明，今又凄凄草色青。
除却敲窗疏点雨，萧然情味去年同。

2016.4.4

顺平看桃花

隐隐青山望里遥，氤氲红粉艳如烧。
轻车径向桃花下，人共桃花一色娇。

2016.4.11

题终南山绿百合图

一

不向红尘展妙华，终南山顶是吾家。
低眉绿萼丛中隐，但有馨香未可遮。

二

离离草色满山陂，碧玉花开一瓣垂。
为有幽香藏不住，众芳丛里认葳蕤。

2016.4.17

春日白洋淀畔闲步二首

一

天许春风半日闲，曲堤绿树鸟关关。
逶迤行到青芦岸，坐看渔人钓浅湾。

二（新韵）

春风春水漫凭栏，一带青芦恰好看。
数羽白鸥飞不去，颉颃只在水云间。

2016.4.24

紫　藤

一架藤萝满院香，晴和四月日初长。
春光未肯匆匆去，故遣垂花挂石廊。

2016.4.27

初夏访狼牙山牡丹园五首

一

初夏柔风着意吹，狼牙山下觅芳姿。
花王自不轻相见，迎客唯余碧玉枝。

注：牡丹有花中之王之称。

二

连日阴云此日晴，狼山胜境起清风。
花田五色回文锦，绿柳行分红药丛。

三

红药桥边久慕名，狼山今日访卿卿。
果然花相不相负，五色纷开笑靥迎。

注：芍药有花中丞相之称

四

湘云醉处有轻阴，芍药花间细探寻。
方悟佳人非病酒，浓香足可沁幽心。

五

雍容气度岂须夸，三五团团灿若霞。
怪道君王招不得，原来易水是卿家。

注：相传武则天诏令百花一夜开花，牡丹不肯奉诏被贬至洛阳。而《海山记》记载，洛阳牡丹移自河北易县。

2016.5.16

题　多　肉

娇憨数朵待谁呵，旧屋窗前挂薜萝。
一自君王好腰细，世无人爱肉多多。

2016.5.30

端午日看电视屈原杯龙舟赛

屏上鼙催彩帜飘，千年楚些待谁招。
斯人久已怀沙去，唯剩清名号锦标。

2016.6.15

端 午 二 首

一

千载兴亡弹指过，楚天楚水旧时波。
江山自是清平甚，无复诗人蹈汨罗。

二（新韵）

汨水依稀卷旧涛，怀沙事迹没蓬蒿。
一年三百六十日，只在端阳说楚骚。

2016.6.15

蒲 松 龄

拿云手段只堪哀，笔底惊雷济世怀。
深意从来谁会得，人间依旧戏聊斋。

2016.6.23

值冬子李老师生辰草就遥祝

慕君风范与天长，鹤翥云闲亦狷狂。
我有心香撷一瓣，金卮遥举共飞觞。

2016.7.5

读阿民诗《一幕》有感（新韵）

淡淡流光淡淡风，慢摇街角偶相逢。
锥心记忆何曾远，轮椅斜阳旧笑容。

2016.7.18

太原席上歌手带幼子献唱，幼子哭闹而酒店老板仍命唱完（新韵）

一

酒杂热气味杂珍，满座醺醺笑脸人。
仰面儿哭不能顾，拼将小曲裂行云。

二

歌罢罗身敬客频，自言曾上好声音。
可怜一副黄金嗓，翻做席间陪酒人。

2016.7.27

纪晓岚

从龙进退岂诗书，为政为文两裕如。
堪叹名山十年事，焉知四库是焚余。

2016.7.30

西安一组

乘火车赴西安，车上玩扑克，倏忽已至太原

薄暮登车向翠岚，入窗山水自徐翻。
纸牌才出两三手，闻说前方到太原。

车次太原，见太原至青岛列车乘客亦隔窗遥望

人生似此路漫漫，相遇长车信亦难。
同在风尘南北驿，隔窗与我对相看。

华清池

白石清泉尚有温，朱檐华宇尽蛛尘。
无情最是池边客，笑说当年戏水人。

兵马俑二首

一

赫赫军威足大观，千年扑面气犹寒。
可怜今做栏中客，空教祖生扼腕叹。

二

深宫幕启散烽烟，战士操戈阵俨然。
堪叹大秦英武气，沉埋地下两千年。

华清池西安事变遗址墙上枪战弹痕犹存（词韵）

行宫窗槛已生尘，世事飘蓬变白云。
八十年来论功罪，无言只有壁间痕。

游华山，山入云中

古木阴阴石涨苔，莲花峰下问禅回。
飘飘我亦生仙气，只为身从云里来。

华山挑山工

嶒崚华岳入云端，风雨经年踏众峦。
脚下崎岖肩上重，从来只做等闲看。

西安回民街品咖啡

鼓楼街巷人如织，喝卖喧嚣耳目迷。
一盏咖啡墙一隅，凭窗小坐忘情时。

2016.8.6

入淀即目（新韵）

北地西湖遐迩闻，翻腥水巷苦追寻。
行人指点宣传板，淀上新刷美丽村。

2016.8.23

探病二首

一

忆来曾是小清新，风雨摧零未忍询。
疾痛已然深入骨，犹将笑脸向来人。

二

相看絮絮说凋零，强作无情忍泪听。
却展欢颜慰来者，尔来正读药师经。

2016.9.7

题　图

江天万里杳人烟，冰雪苍茫落木残。
独立霜风谁似我，梅花看尽不知寒。

2016. 9. 16

秋　感

水样流光萍样身，初心未许染微尘。
尔来世态皆看破，落叶秋风倍可亲。

2016. 9. 29

徐水行一组

刘伶醉三首

一

历历余灰釜底深，红粮老窖漫钩沉。
甘醇曾教刘伶醉，千古风流说到今。

二

缓火泥池仔细匀，蒸腾热气散如氤。
斟来一盏香浮蚁，醉杀当年荷锸人。

三

甘泉汩汩散芳馨，酿得澄醪颜色青。
知己相投直须醉，张华村里醉刘伶。

刘伶醉万坛酒林

北人慷慨亦多情，佳酿成林待客倾。
向使青莲过徐水，桃花潭上不须行。

釜阳新村

鸡鸣老屋起重城，工罢千窗次第灯。
黄土子孙出新厂，遥数家居第几层。

长城汽车喷涂车间

车间连亘净无人，车架成行流水频。
无数翻飞机器手，一回飞舞一回新。

2016. 10. 22

上苏庄二首

一

流云懒懒日悠长，记得村中那石墙？
挽手蹒跚重过此，消磨一段旧时光。

二

逃秦何必觅桃乡，山水光阴个里长。
尽日闲云看不足，张家口外上苏庄。

2016.12.5

看电影《活着》

观来意绪类穷秋，光影心潮共起浮。
却怪剧情欢乐处，悄然有泪脸边流。

2016. 12. 12

读《许三观卖血记》（新韵）

掩卷初悲复愧然，思来巨羡许三观。
我亦难多须卖血，可怜血已不值钱。

2016. 12. 18

关 于 茶

衣上尘痕掸未休，来途去路两悠悠。
何妨暂此息肩坐，小看茶烟慢起浮。

2016.12.30

七言律诗

客　居

家在学堂小院东，梧桐几树懒临风。
朝听稚子读书响，暮看斜阳染树红。
性喜谈诗邀网友，情殷思饮唤邻翁。
三竿醉卧无人扰，不在红尘世事中。

2009.2.13

山居

步韵杜甫《秋兴八首之七》

山居不问武侯功，浪迹清溪朗月中。
有客同吟梁苑雪，无人独卧北窗风。
朝来山鸟啼林静，暮去斜阳染树红。
沧海红尘三碗酒，飘然一个野山翁。

2009.7.17

访易安故居二首（新韵）

其　一

探胜寻幽问古城，趵突泉畔谒词宗。
芭蕉依旧滴新雨，漱玉寻常涌故声。
一代词人天下事，千秋翰墨婉约风。
香尘久杳无从觅，暗诵黄花叹鬼雄。

其　二

大明湖畔觅芳踪，漱玉泉边柳影浓。
两两三三珠戏水，疏疏密密树摇风。
当年曾望西楼月，此地犹存北顾情。
不是南迁多落寞，何来巨笔耀苍穹。

2009.7.30

岳飞二首（新韵）

其　一

万卷诗书百万兵，匈奴丧胆撼山名。
擢才有术说良马，治世无私论太平。
魂梦犹牵黄龙府，英灵竟殒风波亭。
坟前又满萋萋草，多少英雄叹一声。

其　二

驱驰南北奋平生，遥望中原气满胸。
不是金牌十二道，当挥铁甲万千重。
精忠自古民心向，耿介由来佞不容。
看取西湖白铸铁，应知爱恨古今同。

2009.9.10

孔林随想

步韵杜甫《秋兴八首之一》

落日斜铺至圣林，先师眠处柏森森。
红墙漠漠隔今古，碧草萋萋数寸阴。
列国周游传教化，杏坛开讲布仁心。
神思默与先贤会，隐隐风来送晚砧。

2010.1.31

过白洋淀遇雨

一湾烟水半滩沙，泥径无人向远斜。
客路阴晴天做主，心头好梦我当家。
人生况味杯中酒，世事浮沉岭外霞。
把棹高歌凭啸傲，豪情已自在天涯。

2010.5.6

客居四年临别有感（新韵）

四年风物半成尘，曾向儒边寄此身。
有幸堪聆学者教，无心常忘自家贫。
花开几度梧桐树，毕业一般赶路人。
铁打营盘兵逝水，于今旧事梦中寻。

2011.12.26

与毕业班师生合照

又是春风五月天，榴花照眼柳吹绵。
安排追忆梧桐下，打点心情教室前。
六载辛劳情似水，一声茄子事成烟。
闲来最怕翻前照，笑脸一张一泫然。

2012.5.18

游清雍正泰陵（新韵）

苍松落照锁皇陵，墓道深深殿宇空。
鸟雀啁啾说过往，砖石坎坷写曾经。
中兴当是勤国致，毁谤多因峻法生。
功罪而今任臧否，青山依旧水无声。

2012.5.21

过故地

佳木繁荫逐面来，无名红紫为谁栽。
重经此地身犹客，再见西州路尽苔。
尘事无痕羚挂角，故人有信雁飞回。
崎岖过往今挥手，眼底心头共一杯。

2012.6.17

冬日梧桐（新韵）

萧萧一树立黄昏，疏影清姿淡墨匀。
枝上已稀听雨叶，窗前犹伫碎心人。
岂无旧事中宵忆，但有新祈梦里寻。
最是西风能解意，丝丝缕缕亦销魂。

2012.12.6

岁末感怀

每到年终感物华，哪堪今岁鬓成花。
诗心更与秋风老，征路还同落日斜。
淀上烟云收眼底，樽前杯酒叹生涯。
微吟洒泪谁知我，极目江流岭未遮。

2012.12.23

冬小麦苗（新韵）

播耧别后南山下，醉入秋风寂寞深。
雀走沙吹犹碌碌，根扎渴饮已纷纷。
黄金六月心头梦，白玉一冬雪底身。
莫笑城中呼韭误，由来翠色最宜人。

2012.12.30

迎春（新韵）

云抹蓝天雪抹山，风熏四野换容颜。
门前小柳和春绿，檐下空巢待燕还。
已见新霖甘僻壤，须忧野岛尚荒蛮。
神州万里戈锄枕，只待东君举令鞭。

2013.1.13

学诗有感（新韵）

惭将素手入诗林，聊借殷殷赤子心。
无计生花求妙笔，不辞戴雪立程门。
常因好句愁平仄，总为新题问古人。
回首行来堪醉处，摩挲一路浅深痕。

2013. 1. 29

步半塌清风老师除夕韵

冷暖经年我自知，临窗执笔纵驰思。
一春雨露商量酒，半世情怀付与诗。
老友来家棋做伴，冰霜过处鬓生丝。
南天隐隐惊雷动，破浪长风会有时。

2013. 2. 10

晨起见老清洁工有句（新韵）

破晓长街寒意浓，佝偻身影已独行。
一条净路需千扫，半世微身算几弓。
摧叶霜风随处有，润花酥雨应时从。
每于旭日东边起，汇入熙熙百姓中。

2013.3.6

无题（新韵）

独卧深斋昼复昏，清风无赖乱敲门。
花开月落红尘事，酒醒香消梦里人。
已老故园河畔柳，常新永夜枕边痕。
蓬山路远诗谁寄，每自书成还自吟。

2013.6.2

芦山地震（新韵）

汶玉深悲犹未愈，临屏今又痛芦山。
几番惨景疑前祸，一样伤怀似旧年。
赖有雄师清断壁，须当亲手建家园。
愧无双翼飞巴蜀，但注丹心念念牵。

2013.4.27

见教学楼开拆作

梦里曾经几度游，依稀犹是那时秋。
梧桐懒懒光阴浅，钟韵悠悠苦乐稠。
一瞬而今成过往，卅年记忆待从头。
忍将酸楚埋心底，做个欢颜楼下留。

2013.7.18

中秋有作

一片清辉万里秋，年华流水两悠悠。
经霜草木篱边老，望月诗词笔下休。
明日河山重举步，今宵魂梦再停眸。
轻歌隐隐传他院，对此倾杯更勿留。

2013.9.19

应友约赴京欢聚并看恒大国安球赛

久困樊笼试放枷，驱车百里入京华。
劳身易醉同窗酒，霾雾难消帝子家。
一骂无非舒块垒，何人有力挽黄花？
狂欢散尽长街静，明日江湖再纵槎。

2013.11.26

年末杂感

山渐朦胧日渐斜，白云尽处是谁家？
年来天气霾加雾，老去情怀酒与茶。
淡定无非心已懒，执真总为梦犹赊。
黄昏尚作登楼望，渔火江枫醉晚霞。

2013.12.30

自省（新韵）

荡荡长街过客稀，香消难复觅鸿泥。
浮云几欲遮朝日，羊角一般绕大旗。
道阻无如躬自省，修身何必与人齐。
回头但笑来时路，耽却诗书误锦期。

2014.1.4

自　勉

光阴一岁至今休，落寞繁华漫入眸。
但有柔情堪绕指，何妨妙计设深沟。
未因头破疏狂改，犹为心痴着意求。
寄语江湖莫相忘，明朝击辑上中流。

2014. 1. 31

即事（新韵）

忽闻保定副中心，一夜仿佛京兆人。
房价扶摇直入轨，公仆煊赫若出群。
依然未变唯薪卡，到底无关是草民。
却看肩头山样重，可怜更比此前深。

2014. 4. 6

有感（新韵）

横飞乱絮正残春，一种情怀老更真。
已倦怜花常纵酒，未通世故总伤人。
杜郎早被扬州误，陶令先将桃境寻。
唯有诗书堪自遣，更无尘事可关心。

2014. 4. 19

同作协诸友白洋淀小聚（新韵）

五月春深绿正酣，诗人兴会水云间。
苇林鸟噪千围翠，水淀风来一脉甜。
块垒须浇三盏酒，浮生能有几时闲。
何须世外寻桃境，能慰初心是洞天。

2014. 5. 31

淀上夜归（新韵）

夜色微茫桨自横，侵怀凉意寂无声。
孤荷寥落风中老，丛草繁芜水畔生。
酒醉无非催梦至，阳关唱遍有谁听。
伤心未觉飘摇久，临岸渔家已上灯。

2014.8.19

无题（新韵）

飒飒秋凉落落风，谁人对此不伤情。
高山已杳听琴客，流水犹传引凤声。
刹那芳华成电影，无边记忆转零星。
而今各上阳关道，清泪一掬别灞陵。

2014.9.4

思

出村小路渐荒凉，未见新坟已断肠。
别梦缘何无一个，只身每自泪千行。
寻常旧物锥心刺，不意闲谈彻骨伤。
哭碎西风还伫立，青烟缕缕蔽斜阳。

2014.9.8

无题 恭步冬子李老师韵（新韵）

依旧人丛作笑颜，夜深无计破愁关。
消忧借酒说来易，如梦前尘忘却难。
每每凭高迷路杳，偏偏昂首斗风寒。
崎岖本是寻常事，幸有诗书对世艰。

2014.9.18

读《水边的断章》有感兼寄阿民

虾蟹泥鳅扰扰多，浮萍江海又如何。
胸盈剑气非关酒，眼睥虫嘤自放歌。
莲可称王魑魅舞，包虽曰屎梦婆娑。
唯将诗笔书心语，三尺青锋细细磨。

2014.11.28

有感（新韵）

逐日频惊白发添，指间流水似流年。
渐无愤慨闻蝇虎，惯费精神算俸钱。
能误诗书粱稻计，难舒肝胆雾霾天。
不须问卜明朝事，日历无非再次翻。

2015.1.1

年末感怀（新韵）

白发常随落叶添，每因临镜叹流年。
额间沟壑愁凿就，眼下橐囊恨使然。
老病能依空画饼，住房需贷苦移山。
桃源不过书生梦，梦醒无非米醋盐。

2015. 1. 18

无题（新韵）

如水生涯未计程，斜阳回首立微风。
隔门遥望深缱绻，来日难期何窅冥。
七色光应无处觅，一痕泪总背人倾。
茫茫夜永长不寐，底事荧荧眸子青。

2015. 2. 19

中夜无眠杂感（新韵）

帘外高楼夜万重，深宵谁自对寒风。
敲窗莫是怜人苦，吹柳元无体物情。
旧事已然疏我梦，前途渺矣愧他生。
如星两鬓摩挲遍，胡不归来就脍羹。

2015.4.9

自遣（新韵）

初夏晴明绿意长，蝉声竟日透纱窗。
愧无一事须亲力，喜有三餐可自尝。
用舍行藏唯适志，得失忧乐但如常。
闲居醉卧谁堪扰，梦入彭泽数举觞。

2015.6.1

登鹳雀楼

昔时常诵登临句，今日凭栏鹳雀楼。
望里黄河天外杳，胸中热血渡边秋。
烽烟漫卷弥青史，巨笔轻挥射斗牛。
我欲更穷千里目，白云载酒看神州。

2015.6.26

毕业二十五年重回保师（新韵）

旧日风尘半已非，翩然入梦扣心扉。
依稀院里白杨树，落寞亭前烈士碑。
物渐斑驳人渐老，心空感慨泪空垂。
杯中有酒直须醉，一世重逢能几回。

2015.7.12

同学聚会与建永联床夜话，别后建永又寄书赠予（新韵）

重见始知别日长，酒阑已是晚风凉。
能消漏永从前事，未断荷香那夜窗。
握手可堪留片刻，抽刀枉欲斩愁肠。
忽如赤夏飘丝雨，一册深情到枕旁。

2015.7.17

读卫宁兄弟《八路坟》有感（新韵）

旧事陈年已渐遥，村边荒冢乱蓬蒿。
白云去后风何止？明月来时草半凋。
一自能人先富后，便教壮士血空抛。
可怜当日捐躯地，尽是东洋广告飘。

2015.8.7

驼梁（新韵）

泠泠水响伴幽行，古木荫荫石径青。
暂向云山抛物我，何妨悲喜付天风。
烟岚未掩群峰翠，鸟啭无如林气清。
但此劳身尘事了，百花溪畔对苍松。

2015.8.18

无题（新韵）

帘外秋深瑟瑟风，临窗独对万家灯。
十年情尽一杯水，千里河分两岸星。
对错由人应有数，输赢随意本无凭。
从来造化公平甚，尽管耕耘莫问名。

2015.10.9

过雄县初识司雨客，一见如故

信有因缘识凤俦，西风快马过雄州。
花围翠帐三巡酒，诗竞珠玑一展喉。
倾盖江湖应记取，缠麻世事莫勾留。
闻言保静堪驰骤，数向东方纵渴眸。

2015.10.20

有　感

斜阳菊径散芳馨，负手篱边酒渐醒。
四面烟云终又散，一生脚步未尝停。
经霜叶倦飘花底，过雨天高隔雾暝。
可笑奔波蜗角事，故园杨柳已亭亭。

2015.11.14

对雪有忆

苍茫独立又飞沙，千树梨枝似旧斜。
冷艳偏偏频入梦，前尘累累待抽麻。
披霜背影终难挽，砌玉江山空自嗟。
合手掬来忽成水，怜君何事向天涯。

2015.11.19

晨起见雪有作

推窗晨望玉婆娑，昨夜风声入梦多。
眼底江山银世界，生涯际遇倦陀螺。
羡他六出终成水，笑我一心苦效荷。
寒意侵怀方自醒，油盐岁月待消磨。

2015.11.20

记　梦

昨夜相逢白玉台，仙云霭霭寂然开。
盈眸秋水十年意，并坐春风一树梅。
未觉时光忽凝止，徒怜香雾去无回。
鸡声遥唱凉天外，几点疏星月半枚。

2015. 11. 24

微信见卫宁说杨再秀老师，前尘再现，念及与杨老师暌违三十年矣

西淀芦飞云水间，卅年记忆未曾删。
江湖辗转高还下，世路崎岖直且弯。
一笔瘦金多傲骨，几般风物念慈颜。
手机忽见恩师讯，不觉屏前泪已潸。

2015. 11. 29

不同桃李混芳尘（辘轳体）

一　寻梅

不同桃李混芳尘，独抱罗浮若许春。
铁干龙鳞霜记忆，疏花仙蕊玉精神。
飞香空谷溶溶夜，踏雪溪山踽踽人。
白羽相随笛相伴，林边月下久逡巡。

二　折梅

开向孤山溪水滨，不同桃李混芳尘。
攲斜简影微微皱，叆叇绯红故故匀。
石径蜿蜒香引路，虬枝苍劲雪为邻。
撷来数朵清芬气，相对书窗久忘身。

三　对梅

一枝虬曲窗前供，日日相看似故人。
只向霜风舒傲骨，不同桃李混芳尘。
瓶中水养清芬气，笔下诗摹狷介身。
但有冰姿堪讽咏，何妨世外久为邻。

四　解梅

云与相知石做邻，溪声笛韵养精神。
妆成玉殿非邀宠，开向深山岂避秦。
笑并松筠斗风雪，不同桃李混芳尘。
浮香未是传春信，一种清孤本自珍。

五　忆梅

江天混沌重飞雪，忆向深山访故人。
石径遥遥鸦数点，禅门寂寂一枝春。
白云空谷猿声远，孤院危峰鸟迹新。
为问清高何至此，不同桃李混芳尘。

2016. 1. 31

春雨步张惠中老师春望韵

残雪檐边冷不禁，潇潇今日降春霖。
庙堂犹自翻狐鼠，天道从来布爱心。
守得琴书看兴替，任他尘世变晴阴。
小窗醉卧无昏晓，一卷初醒细细吟。

2016.2.16

过石廊见廊上紫藤葳蕤，浓荫匝地，廊边老屋已不复旧时模样。忽忆及在此听刀郎歌《2002年的第一场雪》事，至今十四年矣

荼蘼开罢绿婆娑，负手廊前看紫萝。
春色匆匆驹过隙，生涯每每火投蛾。

眸回非为多歧路，心动还因那首歌。
十四年来略相似，不同唯有鬓消磨。

2016.5.8

应易县诗友约同游狼牙山牡丹园，而牡丹已谢，芍药正好

寻芳胜日到狼山，绿陌红阡放眼看。
立掌峰青徐入画，飘棉云白慢移天。
缘悭国色须无憾，喜得将离正可怜。
暗许牵衣河畔柳，春风把酒待来年。

注：将离，芍药的别称。

2016.5.16

无　　题

旧梦重浮电影过，十年尘事半消磨。
春风日逐潘毛少，秋雨还同髀肉多。
留得一伤常似此，放开双手又如何。
强删记忆终难尽，独立斜阳吊逝波。

2016.6.7

初夏与保定文友入白洋淀

长堤绿树鸟相呼，唤我诗朋入画图。
湖上轻鸥非过客，风中立玉是青蒲。
开怀喜得人同醉，举步惭无马识途。
西淀新荷才露角，暗香隐隐辨还无。

2016.6.15

蒲　松　龄

摇摇柳线水清凉，故事茶烟各自长。
不负三元连中策，终成一卷续黄粱。
原知异史皆真史，怎奈红装是鬼装。
读罢灯残星夜寂，先生风范细思量。

2016. 6. 20

徐水釜山二首

秋日登釜山

千年万里一襟开，秋日凭高认古台。
眼下两山卧龙虎，峰头片碣动云雷。
合符事迹遥遥去，黄帝甘泉汩汩来。
回首釜山无限意，西风如缕入深杯。

釜山两壁因采石烧灰破坏严重，东侧石壁原有山洞，洞内有古摩崖石刻，亦复损毁不存

一山覆釜故河隈，上有合符黄帝台。
荒草残碑风寂寞，遥天旷野雨徘徊。
面南宝座残双臂，洞内天书变劫灰。
何事中华千百载，总教后世复今哀。

2016. 10. 22

中年自况

牍文乌兔两相催，羊角扶摇梦已灰。
力窘知材尽樗栎，壁徒唯债是高台。
二毛竞落潘安老，一念坚持沈约来。
堂上椿萱庭下子，奔波脚步敢徘徊。

2016.12.1

五言

风雪送人

曙光擦夜幕，风雪下重楼。
峻岭愁无语，长河冷不流。
高低千里远，深浅一行留。
今日挥挥手，何时再共游？

2012.12.18

雪（新韵）

向晚彤云起，朔风卷地寒。
纷纷吹玉粉，一色饰江山。

2013.1.8

旅　思

红日山边落，寒鸦欲下迟。
天当秋节后，人在旅途时。
壮志风中老，儒身世路疲。
思归植五柳，云阻雾迷离。

2014.10.18

闻少年玩伴病殁絮语（新韵）

久已隔天涯，消息凭谁问。君自乐丘山，我在网中困。
丘山已非昔，尘网更如刃。各自苦奔波，渐已疏音信。
今日偶还家，母色有忧闷。问我记得否，儿时与某近。
同去捉鱼虾，同在泥中滚。前日忽病殁，昨日已出殡。
闻之我怅然，碗筷手中顿。儿时欢乐事，历历眼前认。
那时天色蓝，那时青草嫩。不意少年别，重闻竟死讯！
道路各不同，戚戚竟自悯。上下苦求索，左右频追奔。
微躯如蝼蚁，终难脱此阵。忽忽已中年，白发生双鬓。
岂贻父母羞，儿女责需尽。挥泪与君别，把酒还独饮。
生者羡死逸，徒悲惹人哂。前路阻且长，锐身当自任。

2016.5.31

刘 伶

大道不行久，人情每与乖。
竹林幽且静，白石寂无侪。
被发穷途哭，荷锸死处埋。
知交千里远，一醉尽开怀。

2016. 10. 22

词

相　见　欢

佳期还似从前，晓风寒，彩炮烟花灯火、满城欢。

无人处，悄酸楚，倚栏杆，却是经年旧梦、又来牵。

2009.2.9

画　堂　春

一川春水小波摇，柳丝半隐白桥。苇芽青草绿沟壕，云淡天高。

枝朗难藏鸣雀，曲堤几树新桃。轻舟一叶任流飘，烟雨潇潇。

2009.2.15

忆秦娥　春雪

西风漫，江天一望银花乱。银花乱，千山皓首，长川白遍。

人生易老愁难断，凭高千古同一叹。同一叹，才别秋雁，又来春燕。

2009.2.21

浪淘沙令

料峭晓风轻，宿雪新晴，一川白玉映娉婷。约略晴光闲照处，春水盈盈。

独自梦伶仃，好愿难成，此生几度步堪停。谁料镜中霜染鬓，回首心惊。

2009.2.24

虞美人

拂窗嫩柳和风软，乳燕参差剪。池边新种小芭蕉，也举新芽含笑、向人摇。

旧巢未改堂前柱，惊问谁为主。此身犹似壁间尘，一任春光来去、总无痕。

2009.2.28

清平乐　柳

临河傍路，惯看离人去。自在随风翩翩舞，哪管人间情苦。

隋岸飘絮如烟，灞桥倩影三千。堪笑江郎才尽，从来别恨难传。

2009.3.18

定风波　田居（新韵）

半亩秧田绿水边，新插稻叶舞风前。整罢垄畦天尚早，垂钓，溪头草畔一支烟。

野菜新摘犹带露，微苦，山妻稚子笑容甜。邻舍衰翁唯好酒，邂逅，隔篱问我有无闲。

2009.4.17

江 城 子

夕阳西下晚霞明，远山青，水纹平。手种梧桐、今日已亭亭。一枕四十一霎醒，当空月，雁声声。

韶华逝水转头惊，髀脂增，鬓华生。壮志依稀、只是手茕茕。逐梦由来不惧晚，从头起，再登程。

2009. 4. 30

鹧鸪天　白洋淀观鲤鱼

淀上朝云复晚烟，归帆去雁两悠然。
残荷老去临风卷，望月初升照水圆。
寻百度，念千般，肯将心事付流年？
一朝等得风吹雨，直入龙门上九天。

2009. 5. 18

满江红　林则徐

南国风云，压城暗、民悬汤煮。撕天裂、一声霹雳，荡敌如虎。八面蛮夷皆丧胆，百年青史标余怒。恨苍天、不与寿英雄，黎民苦。

王侯事，知何处，光阴转，人心驻。问而今天下，为谁人主！可叹苍生愁冻饿，谁知将相烦歌舞。长哭罢、把酒酹林公，斜阳暮。

2009.6.7

满江红　林则徐（二）

墨雨阴风，遮不住、丹心一瓣。洁自励、开河挖井，安农抚叛。进退无心容乃大，兴亡着意威能远。志四洲、图华夏维新，先开眼。

风乍起，云突变，乾坤倒，山河乱。看真金烈火，把狂澜挽。一炬焚得敌胆裂，三军铸就民心愿。虎门事、每国险家危，常常念。

2009. 6. 18

满江红　对越自卫反击战三十年

遥望南天，三十载、暗萦心结。当日事、长驱千里，灰飞烟灭。铁甲怒惊顽寇胆，红旗漫舞英雄血。余威在，谈笑傲东南，长缨烈。

光阴转，山河别，狼子意，何曾歇。又垂涎南海，暗夺明窃。豺虎不敲终噬主，天兵到处无余孽。约美酒、纵马斩敌还，邀明月。

2009. 6. 24

行香子　雨

云暗春山，风冷秋屏。更晚来，敲碎闲庭。残诗浊酒，只影孤灯，对侵肌苦，伤心色，断肠声。

如花往事，堪堪成梦。梦何寻，随水飘零。连环谁解，锦字无凭，问昨霄风，今夜雨，几时晴。

2009.6.30

九 张 机

一曲相思一曲悲，相思如火恨成灰。从来此意无更改，不信春风久不归。

一张机，春风漫染小南堤。桃花照水无聊赖。青山含黛，斜阳沉醉，寂寞透香帏。

二张机，窗前惯看雨如丝。几回对镜轻声叹。花开空谷，花零尘土，此恨倩谁知。

三张机，梧桐沐雨动新枝。不觉又忆别离日。长亭执手，殷殷相慰，归雁是归期。

四张机，天边几度雁高飞。空将泪眼天边望。白云还似，当年模样，老去是蛾眉。

五张机，伤心偏又月圆时。纵然此夜凉如水。轩窗紧闭，珠帘不启，不忍赋秋词。

六张机，彤云漠漠雪成堆。红炉煨酒长长夜。几番酒冷，几番心碎，几度卷残诗。

七张机，梦来总是旧时伊。花前柳下秋千上。华年如水，当时未辨，此刻醒来痴。

八张机，等闲换了四时衣。花飞雁去闲庭静。慵妆懒整，鱼笺懒寄，长坐日偏西。

九张机，流年偷换日偷移。人生苦短情难断。黄连龙胆，江郎别味，最苦是相思。

春归，新来紫燕绕芳菲。千帆过尽终于是。千般恼恨，烟消云散，羞赧怨斜晖。

依依，高山流水此生稀。情真还赖心如铁。沧桑不易，不离不弃，携手任轮回。

2009.7.12

沁园春 08奥运开幕式随想

阔步徐来，寰宇昂头，绚彩漫天。渐缶声四起，画屏轻展；丹青五色，锦袖频翻。丝路花开，如歌活字，灿烂文明自古传。当此际，对五洲兄弟，张臂同欢。

应知此夜无眠。看万里神州带笑颜。喜人间盛会，初临古国；中华历史，又写新篇。崇尚和平，追求极限，奥运精神众手牵。衷心愿，愿平安世界，岁岁年年。

2009.8.8

西江月（新韵）

柳畔曾经系马，荷塘几度听蛙。不知别后寄谁家，魂梦空劳记挂。

醉里常提旧话，无聊惯数归鸦。不觉辜负好年华，鬓角忽生白发。

2009.8.12

行香子　秋怀

枫老西山，雁下南塘，渐黄昏、竹影摇窗。漫挥愁绪，落笔成伤，任秋风起，残叶落，月华凉。

天涯倦客，无言谁会，这颗心、几许沧桑。闲来沽酒，好梦难常，但细思量，不变处，是痴狂。

2009.9.15

踏莎行　念远

月冷寒天，星残晓露，无言辗转无人处。别来百事不关心，恨它江水东流去。

红叶题诗，兰舟问渡，情深无奈迢迢路。秋凉但见雁南飞，空劳望断南天暮。

2009.10.9

清平乐　别

明朝别去，去向天穷处。此后流年谁与度。望断征鸿归路。

庭树瑟瑟寒声，寻常草木关情。既是留人不住，何妨醉到天明。

2009. 12. 17

醉　花　阴

弹指一年虚又度，无甚堪寻驻。斜日下西山，未肯多情，但有青青树。

也期奋马长安路，无奈千山暮。打点钓鱼槎，水淀西边，芦苇深深处。

2009. 12. 18

清　平　乐

斜阳照壁，落寞窗前立。此去东南烟水碧，有个人儿堪忆。

日出日落如飞，朝朝远望当归。休问白云何处，花前且莫停杯。

2010. 8. 17

南乡子（新韵）

寂寞小园深，一缕清辉半掩门。寒野暗蛩吟永夜，沉沉，不用相思已断魂。

前事尽成尘，逝水流光老却人。欲寄心香无处寄，纷纷，去雁长空断续云。

2010. 9. 6

临江仙　秋行

山外重重霜树，长空只雁寒声。一湾秋水正盈盈。家山何处是，举步复行行。

还记别来踪迹，无非流水飘萍。几回把酒问平生。天涯流浪遍，月是故乡明。

2010. 10. 8

鹧鸪天（新韵）

龙年春日，因公入故宫第一历史档案馆查档。见殿宇重重，史籍充栋。填词记之。

紫禁深宫耀日明，沧桑御柳万千重。

一堆故纸从前事，几代君王袖底风。

山远立，水流东。年年秋雁过长空。
无情最是檐前草，只管春来簇簇生。

2012.2.20

浣 溪 沙

水洗青天玉碾盘，柳丝空挂谢桥边。夜深时候倚栏杆。

风里落花谁是主，胸中丘壑不能言。沾衣秋露透心寒。

2012.10.1

满 庭 芳

红叶铺山，白溪泻玉，物华是处皆秋。长驱百里，来做散人游。几个多情闲鸟，殷勤语、一路啁啾。临绝顶，千峰眼底，对此久凝眸。

悠悠，多少事，疏林日落，野水东流。便青山常好，过客难留。夜夜须劳魂梦，莫辞苦、为我筹谋。归来晚，参差残柳，犹自舞温柔。

2012.10.31

浣溪沙（新韵）

淀近深秋水色寒，芦花老柳对翩然。悠悠过尽是千帆。

独立常嫌霜月冷，高飞但恨雁行单。平生怀抱在眉弯。

2012.11.22

鹧鸪天　草（新韵）

城外斜阳小路横，萧疏遍野半凋零。
荼蘼开尽归黄土，野雁高飞杳碧空。
惊落叶，叹飘蓬。年年踪迹与谁同？
丹心守得三冬远，酬我东君一片风。

2012.12.1

西　江　月

昨夜犹分尘梦，今朝同在天涯。满山红叶惹人夸，我与谁人共话？

山水盈盈数尺，分明别是一家。归来千万柳丝斜，脉脉将谁牵挂？

2012.12.5

水调歌头

夜半杯犹满，酒淡奈愁何。当年明月未改，依旧影婆娑。十载光阴销尽，方寸小城行遍，往事竟蹉跎。来日风兼雨，今夜起离歌。

惊旧梦，身何处，泪滂沱。可怜一样痴念，两处各消磨。锦瑟华年去也，今后萍踪浪迹，剩有肉生髀。望里江湖远，何计起沉疴？

2012.12.11

鹧鸪天　雪人

白玉堆成落魄身，街边檐下望归人。
煤核眼底君休笑，敝帚怀中我自珍。
轻落木，睥浮云。北风愈烈愈精神。
春来脉脉随流水，化作梢头碧一痕。

2013.1.2

临江仙　风

昨夜吹云塞北，今宵带雨江南。平生踪迹是难堪。一朝追落叶，几度误归帆。

也算曾经沧海，缘何暮四朝三。美人花下问朱檐。无端惊妾梦，底事弄湘帘。

2013.1.8

卜算子　花（新韵）

悄然伴春风，傍路开一朵。蝶舞蜂忙竞吟哦，也是悄然落。

归来莫相亲，归去休相左。我自开来我自休，谁把骚人惹。

2013.1.8

清平乐　月

离人把酒，此恨君知否。数阵飞鸿云去后，人比黄花更瘦。

曾经冷遍千山，几度照水生寒。一样江南江北，何妨夜夜清圆。

2013.1.8

蝶　恋　花

残雪千家明暗处，一径逶迤，隐隐天边树。已是冬残天欲暮，流云何事随风去。

入眼山河无限苦，却恨青铜，鬓上丝丝缕。昨夜花前轻薄语，觉来又悔当时阻。

2013.1.31

鹧鸪天（新韵）

永夜清箫不忍听，飞花院落一重重。
难堪旧墨和新泪，哪更南柯又北风。
人事杳，梦分明。泼茶赌句太匆匆。
欲凭鸿雁说无赖，屡展香笺写不成。

2013.2.5

鹧 鸪 天

一入江湖水逝东，波翻浪涌不言中。
浇花除草心头事，雨横霜飞耳畔风。
青杏涩，古梅红。趱程莫问老僧钟。
沉舟病树休相笑，灯火三更且用功。

2013.2.15

蝶恋花　元夕

花海人潮春锦绣，一夜欢声，处处灯如昼。第四桥边垂柳后，相期月上同携手。

月渐朦胧风渐透，不见来人，但见灯花瘦。莫是新谜猜度久，来时误了香车骤。

2013.2.24

十六字令　梅兰竹菊

一　梅

痴。初遇罗浮山下时。冰天外，红点数行诗。

二　兰

清。幽谷深深月自明。无风舞，不笑亦倾城。

三　竹

翩。窗影疏疏翠色寒。清秋雨，垂泪倩谁怜。

四　菊

秋。醉卧东篱花满头。南山下，云我两悠悠。

2013.2.28

浣溪沙　题图

菡萏花开满淀香，碧圆曼舞夏生凉。清流一脉日长长。

苇荡经风翻玉幕，新荷沐雨竖红枪。蒲芦深处宿鸳鸯。

2013.3.5

金 缕 曲

春自愁边起。柳风迷、烟尘淡日，依稀前事。曾向屏间传心语，谁料而今成记。凄凉意、参差又是。料是曾经多坎坷，纵深情、无奈无情以。春又满，如何避。

不期鬓已星星矣。待从头、摩挲旧梦，恍然如戏。笺上新痕洇残句，难算续成谁寄。但望里、雁行迢递。准拟今生浮范艇，便彤云、绕月千般翳。谁似我，痴如此。

2013. 3. 9

浣 溪 沙

自是当时那念差，和云逐月遍天涯。浮沉一似水中茶。

梦入谢桥犹带恨，身归故地已无家。枝头兀自噪昏鸦。

2013. 3. 18

减字木兰花 白洋淀四季

一

春回柳岸，满淀芦芽青翠绽。碧水初融，燕子斜飞淡淡风。

渔歌一曲，短棹轻舟烟水绿。两个黄鹂，商略新诗婉转啼。

二

青青一望，翠叶接天翻碧浪。数朵盈盈，一抹轻烟野水明。

鸳鸯别浦，芦荡深深留恋处。犹记当年，月满荷塘星满天。

三

鸭肥藕壮，虾蟹盈舱鱼戏浪。菱角鸡头，成对鸳鸯自在游。

一行秋雁，如水长天空望断。满淀芦花，打苇归来唱晚霞。

四

茫茫白雾，隐隐冰河河上路。来去如飞，舞罢轻盈笑语归。

霜欺玉妒，摇曳琼枝千百树。一淀如银，疑是仙宫月里人。

2013.3.20

鹧 鸪 天

楼上凭栏对大荒，天涯路远雾茫茫。
去年鸿雁传书杳，昨夜清灯照影长。
花事渺，晓风凉。萧萧竹管自悠扬。
低眉敛衽缘阶下，一步一痴泪一行。

2013. 3. 22

鹧 鸪 天

日日凭窗送晚阳，庭前月色渐生凉。
秋词缱绻终一味，雁字依稀那几行。
人去远，梦偏长。为伊拼尽酒千觞。
蓬头已是无簪处，谁遣黄花篱外香？

2013. 3. 28

鹧鸪天

故人小聚后翌日离开有句（新韵）

喜鹊隔帘几度听，花开时候又相逢。
今宵华宴千巡酒，明日江湖一叶萍。
勤把盏，费叮咛。人生得意便天晴。
分别何物堪持赠，一路垂杨柳色青。

2013.3.30

鹧　鸪　天

欲上高楼挽落阳，云天尽处草茫茫。
枝头好绿藏莺小，水面微澜起皱长。
尘事渺，晓风凉。别来无物不成伤。
推窗怕问春消息，恐到春归已断肠。

2013.4.1

喝火令

欲试描花笔，将摹入梦人，可怜春色最难匀。空有一怀幽恨，谁与说纷纭。

昨夜听新雨，香笺染泪痕，便和残墨写离魂。写个春深，写个水波纹，写个白头鸳鸟，两两水中巡。

2013.4.9

忆江南　白洋淀一组（新韵）

一

白洋好，风景胜江南。苇荡分波翻翠浪，渔歌惊雀动红莲。人在水云间。

二

白洋忆，春色最堪怜。剪柳衔泥飞紫燕，熏风柔水绿芦尖。波动打鱼船。

三

白洋美，夏日绽荷莲。一朵含羞娇欲醉，满塘凝碧意难传。风过叶田田。

四

白洋恋，秋雁竞流连。待去衡阳传信罢，还来西淀宿芦湾。怜此月儿圆。

五

白洋醉，冬雪舞樽前。曾向倭奴挥宝剑，今从商海写新篇。杯酒祝丰年。

2013. 4. 16

凤凰台上忆吹箫

客山东乐陵见新柳有寄

倩影轻舒，绿眉欣展，柔柔垂下鹅黄。春正好，风熏日暖，人懒莺忙。客里相逢堪恨，犹切切、拂面牵裳。临河伫，多情怎解，对水梳妆。

明日萍踪何处，残红乱、鹧鸪流水斜阳。枉辜负、春衫泪满，春夜灯长。此去无由见也，但梦里，为我留香。徘徊久，风来带水生凉。

如梦令

隔岸鹅黄新柳，竟日随风挥手。见惯远行人，赢得一身消瘦。

依旧，依旧。寂寞夜深时候。

2013. 4. 18

昭君怨（新韵）

应是好春堆锦，却怪桃花无信。小立倚栏杆，怯深寒。

明月楼头吹角，回望关山尘绕。知否玉人心，正销魂。

2013.4.19

玉连环影

春到。窗外黄莺叫。懒对花开，懒对蜂儿闹。下朱帘，展香笺。不料满怀心事，欲书难。

2013.4.19

浣溪沙 暮春

淡紫桐花细细香，无人柳院日初长。抛书小睡到斜阳。

不管花开求梦易，由他雨骤送风凉。枝头明岁又芬芳。

2013.4.27

浣溪沙　步纳兰韵二首

一

虚掷光阴漫说愁，黄花落叶忍凭楼。回头已是一身秋。

无欲江河如走马，有情谁个似牵牛？红尘故事醉中休。

二

红藕塘边起绿苔，鱼鸥成对两相催。看花人去几时回。

柳下当年舟已逝，枕边昨夜梦曾来。指间明灭已成灰。

2013.6.22

更漏子 拟别二首

一

乱山横，天欲暮，踽踽行人何处？云远近，路东西，落花浮满溪。

飘零后，沈腰瘦，词笔萧疏如旧。长夜雨，一灯青，窗前独自听。

二

路蜿蜒，车辗转。九曲回肠将断。心已碎，鬓成斑。人如风里烟。

一杯酒，醉多久。梦断凄凉胜旧。情至此，且休休。天凉又是秋。

2013.7.30

浣 溪 沙

花落琴台怨曲收，恨从心底上眉头。潇潇冷雨似残秋。

已是无家何处去，全非人事为谁留。飘摇一叶逐波流。

2013.8.7

浣溪沙　步纳兰韵二首

一

一径幽思伴夏长，微风无处觅轻香。摩挲旧照细端详。

唯有空山增怅惘，更无片迹可思量。淡烟缭绕似回肠。

二

水满沟壕柳绕城，蒙蒙扑面野风腥。那时相见密云青。

深巷犹怜同伞迹，清宵无觅卖花声。些些梦里却分明。

2013. 8. 7

临江仙　对月（新韵）

今夜无边月色，茫茫几个人同？幽怀无计寄秋声。月华千里外，只影半窗横。

既是红尘多误，何妨倦步稍停。劳身聊对一轮明。山河如有意，为我起清风。

2013.9.29

鹧　鸪　天

辜负华年又一轮，东风消息复纷纭。
重生野草焚还盛，远去孤鸿信未真。
尘已逝，梦犹温。诗书句间浅深痕。
多情最是三更月，故遣清辉照醒人。

2014.2.25

浣溪沙　童年记忆

风懒河清柳色明，晴岚如画淡云轻。一条村路忆曾经。

逃课无非追蚱蜢，开心最是放风筝。几回梦里笑连声。

2014. 3. 13

浣溪沙　马航失联

昨夜还通笑语声，洗尘红酒已开瓶。一刀霹雳裂银屏。

万里海天牵肺腑，三更风雨动神经。此心何处寄叮咛。

2014. 3. 14

清平乐

闲书一卷，独坐春风院。多少风流才子怨，梦里桃花人面。

忽然读到飘零，黄笺锦字销凝。此恨无关今古，书生自是多情。

2014.4.3

蝶恋花 寄人

风送杨花迷远路，春色匆匆，人在天穷处。欲稔乡音唯自语，哪堪酒醒他乡暮。

手种梧桐应抱许，檐下泥巢，今日谁为主？拟托归鸿传锦句，红霞乱映清江浦。

2014.5.9

解佩令　甲午岁暮感怀

冷侵冰野，叶随风老，杳江天、云外缥缈。伫立多时，却只是、酒阑人悄，有谁知、风来侧帽。

流光牵恨，蛾眉惹妒，却年年、韶华轻耗。莫问前程，自家事、休教草草，待春来、柳儿应晓。

2014.12.24

临江仙四首

一

一曲清波流远，几丛黄苇摇秋。几番萧瑟枉凝眸。一朝伤入骨，经世不回头。

记得当时明艳，飞来无数沙鸥。等闲抛了旧时游。可怜明月夜，不照玉人楼。

二

水绕回塘烟渚，花开别浦芳湾。依稀风物似当年。柳边人已杳，池畔鸟孤眠。

并蒂芙蕖焉在？一川翠叶无言。潇潇暮雨洒江天。轻阴吹不去，时刻在眉弯。

三（新韵）

莫问伤痕深浅，休言旧事纷纭。初心犹漾水波纹。当年人似玉，别后我如云。

苇荡重迷烟渚，莺啼无奈春深。千重水淀苦追寻。芦花风里老，冷月照波心。

四

淀上弥天浓雾，荷旁伤我阿谁。酒阑清泪脸边垂。模糊人去后，颠倒梦难追。

几度迎风邀月，也曾花下停杯。此情无奈总相随。心中千百问，何日共云飞？

2015.1.3

卜算子四首

一

碧水恰如初，梦入江南路。翠叶田田菡萏香，人面知何处。

惊起太匆匆，野淀沧波暮。一雁云罗黯自飞，此夜谁边驻。

二

别后已经年，我亦飘零惯。梦里荷塘醒后烟，都被风吹散。

检点旧时书，零落无一半。读到秋深雨乱飞，泪洗风尘面。

三

一切太突然，蓦地街头见。廿载沧桑一霎临，心有千千念。

额上遍风霜，凝目犹初恋。深悔当时太矫情，直似无情汉。

四

往事莫重提，人已心伤透。一念如今似水深，藏在心之后。

荷畔置书斋，斋畔临青柳。月夜凭窗几卷诗，坐到西风瘦。

2015.2.27

清平乐　给贾志敏老师

春风化雨，润物无声处。回首平生真爱路，桃李春风暗度。

任凭烟霭沉沉，管他雨横霜侵。我自痴心不改，此生一路追寻。

2015.5.23

临江仙　题普救寺

一角红檐碧瓦，几重殿宇高楼。梨花深院锁浓愁，玉人归去后，云树尽成秋。

今夜西厢无月，谁家婉转歌喉。多情无奈水东流，千秋鸳侣梦，一世共白头。

2015.6.27

沁园春　秦皇岛

南北咽喉，渤海明珠，天下一关。看浪侵碣石，沧桑有迹；云浮姜庙，岁月无言。海聚惊涛，山围怒岭，自古兵家青眼看。今飞跃，更京津壁垒，河北前沿。

当年秦帝停鞍，向浩渺、东溟挥铁鞭。又枭雄魏武，沉吟健句；人民领袖，再写鸿篇。孤竹风存，奥林帆竞，今日新城尽大观。八方客，但开怀来此，酒美花鲜。

2015.8.8

沁园春　阅江楼

雄踞狮山，傲视金陵，江左名楼。看江流飘练，青山隐隐；古都炫彩，王气悠悠。静海红墙，天宫神女，把酒凭栏一望收。豪情起，念英雄对此，拭遍吴钩。

六朝散尽风流，剩有这、檐牙与白鸥。想华夷一战，中原定鼎；君臣两记，青史停眸。民力休欺，贪官莫恕，胜迹何妨后世留。今来此，问江山如画，谁写春秋！

2015. 8. 9

鹊桥仙　七夕

鹊桥才就，星河如练，休问此时心事。别来几度梦重逢，待重见、鬓应斑矣。

葡萄架底，红尘儿女，依约呢喃萦耳。人间此夕竟成欢，谁解得、相思滋味。

2015. 8. 20

水调歌头　黄庭坚

花光寺梅老，快阁槛江秋。千年弹指，谁共山谷说风流。笔写龙蛇气象，诗号江西初祖，词雅更无俦。师友苏学士，才比秦少游。

江水阔，云山杳，胜迹留。一生磊落，讥谤谗毁更何忧。奉母每亲涤器，事友尝怜孤弱，豪士亦情柔。名满宋家史，浩气一身收。

2015.8.24

沁园春　安溪

茶国之都，龙凤名区，秀甲一方。看清溪绕境，川原映画；凤山耸翠，云岭成行。闽越明珠，台胞重镇，丝路悠悠自此长。宏图展，喜扶摇风起，百舸争航。

安溪自古流芳，更今日、茗香四海扬。有观音毛蟹，甘醇妙韵；乌龙黄旦，玉露金汤。开放生机，民生聚力，古镇而今振翅翔。凌云路，但开怀攘臂，阔步康庄。

2015.8.27

沁园春　曹娥江

源起磐安，潮汇钱塘，翠障重遮。历名山秀水，千寻画卷；晨云暮霭，四季烟霞。天姥连天，凤鸣林谧，百里江山是处嘉。登楼望，看川流无语，润育千家。

娥江自古堪夸，英雄地、而今遍地花。纵东山谢傅，重游应愧；诗仙太白，再赏须嗟。街市流虹，民安物阜，开放宏图神笔划。欣盛世，但安居如此，何必浮槎。

2015.8.29

鹧鸪天 养路工

脚下蜿蜒向远方，挥锨抡帚日奔忙。
通途寸寸曾挥汗，背影常常在异乡。
心未远，梦犹长。不平铲尽是康庄。
风尘走过千寻路，最美途中那抹黄。

2015.8.27

沁园春 靖安

旧国淮南，赣北明珠，魅力靖安。看层林铺翠，秋来霜染；叠泉涌玉，涧外声传。三爪丛林，宝峰禅寺，到此尘心尽杳然。茶烟起，对殿中马祖，袅袅成禅。

无端心涌波澜，念无数英雄付一叹。纵怀珠落第，才成词谱；为官守道，号誉青天。古者今师，风流须鉴，今日双溪锦绣看。宏图展，益开怀阔步，追并先贤。

2015.9.15

沁园春　开封汴西湖

数代名都，诗意开封，梦里中州。对清明画卷，悠然神往；宋词妙境，倏尔生愁。玉带围城，长虹复道，是处繁华胜迹留。抬头望，见黄河九曲，东去悠悠。

古都今日风流，更有这、西湖入画筹。想花遮柳护，寻常巷陌；桥连水映，帝子亭楼。排涝行污，惠民增靓，盛景翩然一叶舟。凭栏处，看斑斓画卷，尽放歌喉。

2015.9.18

浣 溪 沙

一望秋原迴处迷，江南雁去似相知。数声嘹呖惹愁思。

明月澄天霜万里，危楼冷露湿单衣。悠悠思入谢桥西。

2015. 9. 26

蝶恋花 木芙蓉

一朵娇红霜色里，摇曳秋风，何似春风绮。涧户无人花自理，幽怀只共兰茗拟。

繁木溪边多旖旎，迭瓣千重，尽向云山倚。自落自开浑不计，悠悠过了青春矣。

2015. 10. 25

菩　萨　蛮

花蹊深处层红绮，一枝独对相思起。明月照江南，楼头玉影纤。

江南何所有，木末芙蓉秀。寄我此时情，山程共水程。

2015.10.27

浣溪沙　半夏师生辰有寄

说到江南意转柔，青山白水两悠悠。临风谁倚望江楼。

遥忆悬壶翻素手，恐将俗念负青眸。一天明月待君收。

2015.11.17

鹧鸪天　水仙

冰雪窗前春一痕，晴光剪影浅深匀。
凌波洛水纤姿杳，砌石青瓯香霭醇。
兰意趣，水精神。群芳不与竞清芬。
清茶闲日长相对，我亦山林自在人。

2016. 1. 12

鹧鸪天　岁末感怀

一岁流光踽踽过，窗前梅雪亦苍皤。
香清不敌风霾重，樽浅难浇块垒多。
萍际遇，梦蹉跎，琴茶诗酒待消磨。
江山青眼都辜负，剩有肩头雨一蓑。

2016. 1. 15

祝英台近　半亩塘雅集同游大佛寺

碧天遥，新柳绿。古寺悠然静。迤逦行来，一路春风并。花下鹤侣鸿俦，单衣婀立，两相照、树头白杏。

逞逸兴。何妨诗酒轻狂，不与流光竞。沧海江湖，共此须弥境。别后苍狗闲云，凭谁忆取，佛堂外，一丛花影。

2016. 3. 30

祝英台近　春雨

一灯青，千线细。春夜悄然度。湿遍重城，人在檐前伫。为谁拂绿山川，催红桃杏，却都是、旧曾游处。

忆如缕。遥想共伞观花，携手丁香路。耳畔肩头，依约呢喃语。可怜梦断天涯，春归无迹，奈依旧、春愁如许。

2016.4.4

鹧鸪天　贺海亮生辰

卓荦青衫觌面时，杏花如雪梦如诗。
惊鸿翰墨江东树，峙岳神形潘氏姿。
观沧海，忘鸥机。天高但任水云飞。
常山今夜春风暖，遥对春风奉一卮。

2016.4.29

浣溪沙　题青梅图

一带晴岚白水滨，深林小径久逡巡。那时春树恰藏人。

别后萍踪南北路，重来记忆浅深痕。青青枝上小梅新。

2016. 5. 11

蝶　恋　花

空谷寒烟苔石处，一簇幽香，点点风中吐。飞越芳丛浑不顾，翩翩循遍来时路。

梦里不知谁是主，记得前生，曾共卿卿舞。花下流连相惜取，溪声伴着呢喃语。

2016. 5. 22

鹧鸪天　题邻家小女之布娃娃

一入卿怀便是家，听风听雨看云斜。
有时相对无言立，忽又牵来学狗爬。
听话话，莫哇哇，今天累了不玩啦。
乖乖洗个香香澡，陪我窝窝暖脚丫。

2016.5.22

贺新郎　长城思绪

萧瑟秋风起，拾层阶、俯凭堞垛，慨然凝睇。峰驻云移长空阔，依旧山河表里。旗猎猎、英雄往矣。秦汉烽烟弥望眼，算千年、曾有干戈止？不变者，风云气。

龙蟠虎踞今犹是。更何人，夕阳踏遍，一声叹息。步步青砖皆凝血，黔首从来蝼蚁。兴废换，几家悲喜。道是墙颓昔能补，问后来，谁补如今圮。黄叶落，苍山翳。

2016.6.6

洞仙歌　白洋淀夜放荷灯

藕风轻抚，正蒹葭如剪。月下回廊水清浅。淀微茫，摇曳几点疏星，心暗许，付与盈盈一盏。

红香浮片叶，烛焰无声，载取幽光渐流远。多少梦难凭，露重烟弥，似今夜，去波谁挽。但记得，曾放粉莲轻，且莫问，来年绿荷成伞。

2016.7.21

浣溪沙　闻同仁英年早逝痛而作之

霾雾严霜又一程，寒枝残叶日凋零。新来消息不能听。

久有寻菰尝脍志，空怀悲兔痛狐情。当风兀自立伶仃。

2016.11.11

鹧鸪天　暮发山东

寒下秋原万木萧，斜阳别后一身遥。
金风过眼迷庄蝶，旧事侵怀覆鹿蕉。
新忌饮，久疏箫。天涯无物不无聊。
穷途未敢回头望，大野霜林似火烧。

2016.11.15

附录：诗词赏析

一片伤心欲画难

——纳兰词《于中好》赏析

握手西风泪不干，年来多在别离间。
遥知独听灯前雨，转忆同看雪后山。
凭寄语，劝加餐。桂花时节约重还。
分明小像沉香缕，一片伤心欲画难。

西风，黄叶，背影。昨夜的宿酒未醒，而离人已成追忆。不记得这是第多少次挥手或是转身了，而愈发清晰的是心头隐隐的痛。你的温度还在手中，而手中已握不住一丝秋风。泪还在脸上，却不知是何时流下的，抑或它从未干过。

泪还是雨？别离已是令人断肠，又哪堪夜雨敲窗！旅途漫漫，想来此刻你也如我，对一豆残灯细数别来的点点滴滴……还记得渌水亭边的聚会吗？群贤雅集，倾杯中酒，看雪后山，赋性情诗。往事如昨，而今竟已是归期未有，岭树重遮江流九曲了。

有离别就有重逢，就让我们努力加餐饭，相约来日桂花盛开时的相聚吧！只是此刻，你的小像就在我的眼前，在沉香的缕缕轻烟中历历可见，只是那眼神中的伤感谁读得懂，又有谁能画得出！

对于纳兰词，我是初识者，但一经接触就深深为之倾倒了，就如宝玉说“这个妹妹我见过的”一样，也许是前世的夙缘吧。可是，我对纳兰的经历身世了解的并不多，一些只言片语也是在网上百度来的。我想这并不影响喜欢他的词。我们读词，总是喜欢把自己的感情带入到词中去的，酒是别人酿就的，而醉的终究是我们自己。

这首词是纳兰送顾梁汾南归时所写，了解这背景与否都不影响我们对这词的理解。

《鹧鸪天》是我最喜欢的词牌之一，它兼有律诗的节奏美和词的灵动性。不过我不喜欢《于中好》这个别名。

【同韵试和】

于　中　好

一片流云黯远山，几回挥手几回酸。
空劳雁字千山去，谁解心香五更残。
情缱绻，梦阑珊。年年心在白云边。
何当把酒归来话，桂子香时月正圆。

2010.9.12

触目柔肠断

——李煜词《清平乐　别来春半》赏析

别来春半，触目柔肠断。砌下落梅如雪乱，拂了一身还满。雁来音信无凭，路遥归梦难成。离恨恰如春草，更行更远还生。

【大意】分别已久，不知已过了多少个难眠的夜晚，日出日落，云卷云舒，难言的思念却从未停歇过。又是春天，古人说：惜春长怕花开早。怕又能怎样！如今已是仲春，满目柳如烟花似锦，我却不忍看不敢看！想关上房门，想把春天关在门外，可这一腔思念又如何关得住呢？阶下落梅如雪。我在阶下，我亦如雪。那是心底的雪，冰冷的感觉，虽然看上去很美。就这样伫立，时间凝固，我的思念成为永恒。风吹过，新的落梅又满，一如新的愁绪。天空高远，白云望断，雁去了又来，对仰头凝望的我，两手空空的鸿雁只有一次次无情地盘旋，然后远去，不带走一片云彩，却带走了我无限的想念……千帆过尽皆不是，斜晖脉脉水悠悠！山河迢递，千山寂寂，“醉乡路稳宜频到，此外不堪行”，梦乡呢？难道是因为千山阻隔，连梦也不能到吗？我的思念你懂的，为什么，为什么连梦都无一个！长歌当哭，远望当归。远望，远望，只有弥天的烟草，古道接天，斜阳铺地，我的愁绪就这样无言地疯长……

【赏析】这首词应该是能体现后主词风的较有代表性的作品。整体用语平实，纯用白描，而清新幽美直入人肺腑。

开头点明时间和事件，突出因别而生的感受。时间是春半，事件是离别，而将别字置于句首，极言别是一切痛苦的原因，春天应是美好的，而正因离别，一切美好都成了断肠的理由。作者这种反衬的手法用来似信手拈来平淡无奇，却于悄无声息中给人强烈的震撼。而下一句“砌下落梅如雪乱”，则是一幅生动传神的画面。桃红柳绿的春天只是远处模糊的背景，雕栏玉砌，落梅如雪，愁人如痴。画面唯美幽寂，色调淡雅，传达出的是深入骨髓的寂寞与无奈。而“拂了一身还满”，则用象征手法，一语双关，拂不去的是落梅还是那难言的愁绪？诗词的妙处正在语义的模糊双关甚至歧义，似此实彼，亦此亦彼，完全由读者按自己的阅历情绪做自我的解读，而这种阅读获得的愉悦体验并不亚于理科生冥思苦想后解开了难解的方程式。真是妙处难与君说。

下片宕开，“雁来音信无凭，路遥归梦难成”，虚实相间，同样是一幅唯美的画面，痴情的词人长久地在遥遥的驿道旁仰望长空，换来的是一声沉沉的叹息。路遥与归梦毫无关联，而词人将归梦难成归咎于路遥，这种巧妙的表达透过看似无理的逻辑突出词人思之切，情之痴。在经过落梅如雪的凄美铺垫，雁来归梦的跌宕回环层层推进后，作者的情感终于如决堤的春水奔涌而出，唱出了千古传诵的名句：离恨恰如春草，更行更远还生。将抽象的感情物化成可见可感的实物，是后主惯用善用的手法。这里将离恨比作春草，且用更行更远还生这个短语强调，把那种充溢心头绵绵无尽的愁思与随处疯长芜杂繁茂的春草联系到一起，生动委婉，深沉无尽。这又是一幅画面，弥天的春草无言的疯长，直到天边，更行更远拉开了时空距离，让读者的思绪也随之远行直到无穷，正是言尽而意无穷。俞平伯说：“以短语一波三折，句法之变化，直与春草之韵味姿态融成一片，外体物情，内抒心象，岂独妙肖，谓之入神可也。”

纵观全词，没有典故，没有华丽的辞藻。作者用平常的但是典型的意象传达了内心丰富的炽烈的情感，达到了动人的艺术效果。上片纯用白描，字字写景又字字传情。下片用精妙的比喻借景抒情而又情景交融，自然将全词表达的情感推向了高潮。

我一直都非常欣赏一泓清水兄关于词的故事性的看法。清水兄认为词应该是有故事的，有故事才不空，情感的抒发才有根。世界上没有无缘无故的爱，也没有无缘无故的恨。人的爱恨都不是凭空的，情感的背后自然是源于故事了。后主这首《清平乐》完全符合故事的要素，时间（春半）地点（砌下）人物（词人）起因（别）经过（凭栏看梅长空望雁）结果（归梦难成恨如春草）完全具备。我还觉得，画面感在诗词中同样重要。因为诗词很多时候并不是“读”的，而是“看”的，看的过程中自然会在我们的脑海中建造我们心目中的画面。所以好的诗词作者一定是营造画面的高手。这首词中落梅、雁来、春草无不是绝美的图画。

【背景】这首词一说是后主因弟从善留宋不归，不胜思念而作。从善入宋是开宝四年（971 年），被宋太祖扣为人质。后主曾上表乞从善还国，太祖不许。这个史实马令的南唐书和陆游的南唐书记载稍有出入。马令记载：“四年春……遣弟韩王从善入朝，留于京师，授泰宁军节度使。国主表求从善还国，不许。”陆游记载：“开宝四年冬十月……遣太尉、中书令郑王从善朝贡，称江南国主，请罢诏书不名，从之。”“开宝五年……闰月癸巳，太祖命进奉使楚国公从善为泰宁军节度使，留京师”“甲戌岁秋（开宝一七年）国主上表求从善归国，不许。”而新五代史的记载和马令南唐书相类：“开宝四年，煜遣其弟韩王从善朝京师，遂留不遣。煜手疏求从善还国，太祖皇帝不许。”

不管如何记载，有一点是肯定的，就是从善入宋不归，后主曾求宋太祖放还，而宋太祖不肯。李煜是南唐中主李璟的第六子，按古代帝王传位规矩本来是轮不到他做皇帝的，可是，鬼使神差，他前面的五个哥哥竟然先后全死了。于是，自号莲峰居士“为人仁孝，善属文，工书画”“性骄侈，好声色，又喜浮屠，为高谈，不恤政事”的李煜稀里糊涂地当上了皇帝。从善是李煜的弟弟，当年李璟立李煜为太子的时候，大臣钟谟说“从嘉（即李煜）德轻志懦，又酷信释氏，非人主才。从善果敢凝重，宜为嗣。”后主本来就对兄弟感情很深，又因传位之时有从善之议，故对从善尤为倚重。所以，从善入宋不归对后主打击很大，一者手足情深，二者朝廷之事如折肱股，三者后主感到了来自宋朝的强大压力。正是在这种情况下，后主才写出了离恨恰如春草这样不朽的句子。

一般来说，后人把李煜的词分为被俘前后两个时期。并且总结说他前期的词风格绮丽柔靡，不脱“花间”习气。他后期的词由于生活的巨变，以一首首泣尽以血的绝唱，使亡国之君成为千古词坛的“南面王”。王国维说：“词至李后主而眼界始大，感慨遂深，遂变伶工之词而为士大夫之词。”我觉得，这首《清平乐》虽为后主被俘前的作品，但词的风格，表现的内容已经不同于“花明月暗笼轻雾”“红日已高三丈透”这样的词句了。这时的后主，已经感到山雨欲来风满楼的压力了。我想，眼界始大感慨遂深的“大”与“深”就是从这首《清平乐》开始的吧。

【同韵试和】

清　平　乐

长空望断，何处南飞雁。破碎山河明月半，谁在深宵轻叹？

黑云四面压城，红颜犹舞升平。辜负三千锦绣，何如做个书生！

2011.7.10

疏林飒已秋

——清张裕钊诗《安州道中》赏析

孤艇苍茫去，平湖自在流。人家烟际树，县郭水边楼。寒苇澹将夕，疏林飒已秋。飞飞双白鹭，故向远村投。

【译文】秋天的白洋淀，烟波浩渺，略带凉意的淀水泛着粼粼的波纹，无声地流淌。远望去，大片大片的芦苇远远地与天相接，白茫茫的水面在随风起伏的苇浪间若隐若现。已是暮霭沉沉，我驾着这一叶小舟孤独地向苍茫更苍茫处行进，淀水静静地流淌，周围一片静寂，只有船头汩汩的水声。还有，就是时时掠过耳边的风声……淀内，芦花掩映处，偶尔会有一个小渔村，绿树四合，白水环绕，炊烟已经升起，无人的小舟三三两两斜斜地泊在岸边柳下。前面，已经能看到古老的安州城了，灰白的城墙上是高大的城楼，城墙、城楼无言地倒映在带着寒意的水面，衬着灰蓝高远的天空和如火的晚霞，显得愈发雄伟肃穆。芦花漫天，泛黄的芦苇在晚风中瑟瑟，风里翻动的苇叶闪着银光，岸边疏疏的老柳已经满是秋意，一地金黄。一双白鹭飞起来，在暮色里盘旋着，偏偏不肯离去，好像在故意嘲笑我的孤单，直到风声更紧、暮色更深，才镀一身金黄，向远远的村落联翩而去……

【赏析】这是一首描写旅途所见并抒写个人怀抱的诗。诗风俊朗，格调清奇。味甘旨远，是晚清诗中的佳作。

“孤艇苍茫去，平湖自在流。”起笔绘景，孤艇，苍茫，点染出诗人的孤单，用淀水的自在流淌对比自己的无奈。去是苍茫，流而自在。

“人家烟际树，县郭水边楼。”诗人的视角从淀上转向岸边和远方，纵目所见的是烟际中绿树掩映的渔村和县城临水的城楼。作为一个离家远行的孤独旅者，人家、高楼最能触动思乡之情与家国之悲。此联承接首联，不动声色的景物描写中流露出作者微妙复杂的感情，为下联转进做足了铺垫。

“寒苇澹将夕，疏林飒已秋。”此联转折，由眼前景物抒发诗人感受，情景交融，苇是寒苇，时间将夕，林是疏林，季则已秋。一片萧瑟肃杀。澹、飒为诗眼。寒、夕、疏、秋，这些词在古诗词意象里都含有苍凉沉郁之意，而诗人却没有完全被离乡和对国家前途命运担忧的情绪所左右，用澹、飒来形容，平淡、疏朗、奇崛之气傲然而出。

“飞飞双白鹭，故向远村投。”尾联用宕开的笔法，由虚入实，收束全篇。用双鹭投巢反衬自己的迷茫无依。远村照应第二联的人家烟际树。这是极高明的结法，言尽而意无穷，给人无限遐想。

纵观全诗，起承转合，结构严谨，虚实相间，点面结合，情景交融。诗人对国家前途命运的担忧以及自己的思乡之情自然流露，感情沉郁而不消沉，有超拔俊逸之气。

【作者和背景】这首诗的作者张裕钊是晚清著名的书法家、教育家和文学家。张裕钊（1823～1894），自幼天资颖异，青年时期为曾国藩赏识，与黎庶昌、薛福成、吴汝纶等被人合称为“曾门四学士”。曾国藩在《求阙斋日记》中称：“门徒中望有成就者，端推此人。”但他生平淡于仕宦，自言“于人世都无所嗜好，独自幼酷喜文事”。1850 年，张被授官内阁中书，目睹官场腐败，仅两年，即 1852 年即辞官归家，绝意仕途，转而致力于教育、文学和书法的研究。自1871年起，张氏先后主讲于江宁（今南京）凤池书院、保定莲池书院、武昌江汉书院、襄阳鹿门书院。

这首《安州道中》（同题共五首，此为第一首），作于1883年至1888年间，正是诗人主讲莲池书院时期。1883年，张裕钊应同门师兄李鸿章之邀，出任保定莲池书院山长，此后六年，他拓展了书院的教学内容和视野，引导学生重新关注现实，培养出大批人才，使莲池书院在当时负有盛名。但是，此时的中国，正处于风雨飘摇之中，张对师兄李鸿章洋务外交的不满时时流露，最终导致了李的反感。1888年老而弥坚的张裕钊主动辞职，南返故里。诗人往来于湖北与河北之间，白洋淀是必经之路，面对白洋淀酷似江南家乡的美景，难免勾起诗人的家国之思。国家与个人命运的跌宕迷茫，时时流露在作者的诗词中，“今日风帆何处所，烟波满目似江南。”（同题第五首）“葭苇苍茫烟水阔，望中何处一帆迟。”（同题第三首）从这些诗句中，我们可以看到一个感情深挚骨气傲然的诗人形象。

2013.6.12

后　记

学生时代曾经有一个梦想，梦想有一天，传达室的老爷爷拿着发表了我文章的杂志喊我的名字。那时偷偷写文章，更多地是为内心那一点儿小小的虚荣心。

写所谓的诗是最近几年的事。早已过了用诗来满足虚荣心和追逐梦想的年龄。况且，一个中年人如果没有像样的社会地位或财富身家而去写诗，不但不会被人尊重，甚至会被当作一个笑话。我学诗，是真的喜欢。

人到中年，内心开始沉静，不再有热烈的悲喜，也不屑与人倾诉。写诗是最好的诉说。我用它记录自己的生活点滴，宣泄不可言说的喜怒哀乐。

断续学了几年，仍然不得门径。集中不乏无病呻吟之作，之所以自称其为诗，是源于对这种文学形式的敬畏。虽然俗鄙粗陋，但敝帚自珍，毕竟它记录了我的心路历程。

书名《一苇集》，取自《诗经》“谁谓河广，一苇航之”，寓虽力量渺小而跋涉不止之意。

感谢安新县文广新局王迦樑局长和安新县作协李卫东主席以及安新小学马瑞芳校长，他们给了我很多热情的鼓励和真挚的关怀帮助，让我结集出书这个小小的愿望得以实现。感谢半亩塘诗社的诸位诗友，和他们在一起，不唯受益良多，真的很快乐。

吴建永是我的同窗好友，是当今辞赋界的翘楚。有他为本书作序，令这本小册子增色不少。只是他对我赞誉太过，读来令我汗颜无地，还请方家不必认真。这只是他表达同学之情的方式而已。

朱志齐老师是我尊敬的书画篆刻名家。前次赠我书法，此番又欣然为我题写书名并治印一方，提携后辈之情殷殷可鉴。

感谢所有身边和网上关心我的亲人朋友，你们是我力量的源泉。

郭宝国